ESSAI

DE

VERSIFICATION

ESSAI

DE

VERSIFICATION

PAR

M. C. D. (DE LISY)

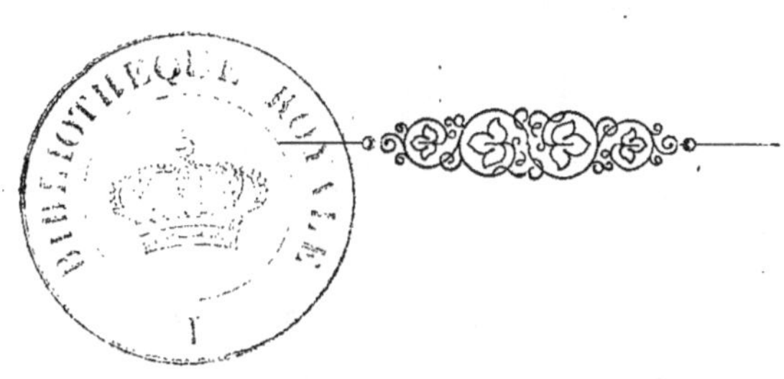

PARIS

IMPRIMERIE DE H. FOURNIER ET Cᵉ
RUE SAINT-BENOÎT, 7

1845

SUR L'ÉPOQUE ACTUELLE

Optimiste ingénu dont l'esprit exalté
Confond l'illusion et la réalité,
Alcippe, tu prétends que l'époque où nous sommes
Est celle du progrès et des mœurs chez les hommes. —
« La morale aujourd'hui dans le cœur des mortels, »
Du moins si l'on t'en croit, « retrouve des autels.
« Instruit à détester les vices d'un autre âge,
« Le nôtre à la vertu sait rendre un juste hommage
« Et l'honneur trop longtemps de la terre exilé,
« Parmi nous, grâce au ciel, est enfin rappelé.
« Il règne dans nos camps ; à la cour, à la ville
« On l'invoque et partout c'est l'unique mobile

« De nos discours ainsi que de nos actions,

« Le guide le plus sûr de nos opinions. » —

Rêve d'un cœur ardent à la fois et candide,

Qui semble ignorer seul qu'en ce siècle cupide,

En fait d'honneur surtout, le monde est un tripot

Où l'on rit de la chose en prodiguant le mot !... —

Dis-moi, ce député, mandataire infidèle,

Du civisme à tes yeux offre-t-il le modèle ?... —

A ce marchand aussi l'honneur est-il si cher,

Qui pour accumuler ces biens dont il est fier,

Au secours de la fraude appela la science [1] ?... —

Tu crois à leurs grands mots d'honneur, de conscience ;

Moi, qui les connais mieux, je suis moins indulgent.

Au fond que veulent-ils ?... des places, de l'argent. —

Puis... un jour on lira sur quelque riche tombe :

« Ci-gît... qui vécut pur et sans remords succombe.

[1]. Épiciers, marchands de vins, boulangers, sont tous un peu chimistes aujourd'hui : ils ont élevé la sophistication à toute la hauteur d'une science nouvelle ; malheureusement une pénalité insignifiante a rendu la répression illusoire.

« Bon père, bon époux, honnête citoyen,

« Il avait les vertus qui font l'homme de bien. » —

Mais... passons. — « La science et les arts, tout prospère;

« Grâce au raisonnement, l'esprit se régénère ;

« D'antiques préjugés l'homme désabusé,

« Le bien comme le mal, a tout analysé ;

« En un mot, du passé rappelant la mémoire,

« Nous avons profité des leçons de l'histoire

« Et paré désormais d'un ciel pur et serein,

« L'avenir à nos vœux semble sourire enfin.

« Civilisation...... voilà notre devise. » —

J'en conviens, par les arts l'homme se civilise,

Il se polit du moins ; mais... en est-il meilleur?...

La vertu dont on parle est-elle dans le cœur?... —

Ami, ne me crois pas un vain désir de blâme ;

Mais je doute du fait que ta bouche proclame. —

A quelle époque, hélas nos juges, au palais,

Eurent-ils à sévir contre plus de forfaits?...

S'il faut s'en rapporter à nos éphémérides,

Quelle ère plus féconde en sombres parricides,

En noirs assassinats, en lâches guets-apens?...

Sont-ce là les vertus dont est fier notre temps?... —

Va, dans ses errements le mal se perpétue.

Par les lois, par les mœurs vainement combattue,

Telle est notre nature; ainsi que nos aïeux

Il nous faut l'accepter et la subir comme eux.

Avouons-le plutôt, si le sang de nos pères

Avec leurs passions fermente en nos artères,

Et s'ils nous ont transmis leurs penchants, leurs besoins,

Nos pères comme nous n'affichaient pas du moins

Ce zèle humanitaire, étalage hypocrite

Dont nous savons nous faire un vertueux mérite

Et qui cache souvent un cœur sec et glacé.

L'égoïsme autrefois plus franc, moins policé,

N'empruntait pas son masque à la philanthropie. —

Aujourd'hui, par la mort qu'un assassin expie

La mort qu'il a donnée, on gémit, on le plaint;

On accuse la loi dont la rigueur l'atteint.

La victime... à son sort, dis-moi, qui s'intéresse?...

Ce n'est plus qu'au forfait que la pitié s'adresse

Et la société qu'on le voit outrager,

Même en le punissant paraît l'encourager. —

Le vol est moins heureux et l'intérêt l'emporte.

Tout le monde à la loi prêt à donner main-forte

En parle avec horreur. « Dans la propriété

« Gît, dit-on, le maintien de la société. » —

Par un nouveau contraste, en fait de politique,

On redevient clément ; l'émeutier anarchique

Qui mit la ville en feu, partout sema l'effroi,

Est sûr d'une amnistie... à la fète du roi.

« Eh ! qui n'excuserait un instant de délire ?...

« On a dû le combattre et pourtant on l'admire ;

« Son motif était pur, son crime fut l'erreur

« D'un esprit généreux, l'élan d'un noble cœur. » —

Puis... de la paix surtout et du repos amie,

La valeur citadine [1], aussitôt rendormie,

S'étonne de se voir, pour un nouvel assaut,

Par l'émeute impunie éveillée en sursaut !... —

Ainsi l'imprévoyance à sa propre ruine

Souvent aveuglément se complaît et s'obstine

1. La garde nationale.

Et quand vient le péril, n'accusant que le sort,
Tente pour s'y soustraire un inutile effort.
A quoi nous a jamais servi l'expérience?... —

Tu parles de progrès!... est-il dans la science
Où l'homme, selon toi, par d'utiles travaux
S'applique à découvrir des procédés nouveaux?...
L'industrie, on le sait, à créer s'ingénie,
De ses nombreux succès rendons grâce au génie!...
On lui doit ces leviers d'un immense pouvoir
Que la main d'un enfant aisément fait mouvoir;
Ces métiers merveilleux qui tiennent du prodige,
Chefs-d'œuvre incontestés qu'entoure un beau prestige;
Mais dont l'invention, fatale en résultats,
Livre à l'oisiveté des milliers de bras. —
J'entends aussi vanter en mots pompeux l'audace
De l'homme « se jouant du temps et de l'espace,
« Disputant à l'oiseau le domaine de l'air,
« Franchissant les vallons aussi prompt que l'éclair. »
C'est fort beau; cependant plus d'un nouvel Icare
N'a pas prévu sa chute, et le fait est peu rare
De sortir d'un wagon, brisé, brûlé, tué. —

Sans doute à ces malheurs on s'est habitué
Et de tels accidents n'étonnent plus personne ;
Chacun va répétant : « Tout se perfectionne. » —

Suivons l'esprit humain dans son brillant essor. —
Lancaster[1], Jacotot[2] avaient peu fait encor
En abrégeant l'étude ; en la rendant facile.
On fait mieux maintenant ; l'étude est inutile,
Le savoir-faire est tout. — Des honneurs, des succès,
Les journaux à lui seul ont réservé l'accès.
C'est par eux à présent qu'admiré sur parole,
On est fameux d'abord en sortant de l'école
Et qu'on marque sa place au temple des beaux-arts,
Comme on louerait boutique en l'un de nos bazars. —
Le ciel en soit loué !... car la littérature
Elle-même est un champ qui produit sans culture. —

L'un à l'ennui public livre bon an, mal an,
Dix volumes d'histoire ou de mauvais roman ;
L'autre moins confiant dans sa verve engourdie

1, 2. Inventeurs de méthodes d'enseignement.

En compilant nous broche une encyclopédie.

Celui-ci, sur Pégase escaladant les cieux,

De ses alexandrins menace jusqu'aux dieux ;

De ses vers à Chloris celui-là nous assiége. —

Qui sans frémir, bon Dieu !... verrait ce long cortége

D'écrivains enragés dont les œuvres, hélas !

S'impriment, il est vrai, mais... ne se lisent pas ?... —

Quel que soit leur drapeau, classique ou romantique,

Tous prétendent pourtant au siége académique ;

Tous peut-être déjà préparent le discours

Qu'un vieil usage encor prescrit à pareils jours

Et qu'écoute en dormant ce docte aréopage,

De médiocrités singulier assemblage. —

Pour moi, je l'avouerai, dans tout ce qui s'écrit

A défaut de raison je cherche en vain l'esprit ;

Mais bien que maint pied-plat qui se crut un Corneille

D'un songe ambitieux trop souvent se réveille

Au milieu des sifflets d'un public détracteur,

Rien ne peut arrêter cette rage d'auteur

Qui règne de nos jours... et chacun fait son livre. —

Dédaignant le métier qui longtemps le fit vivre ;

Imprimeur [1], boulanger [2], coiffeur [3], chacun prétend

Que sur le double Mont la fortune l'attend.

Au gré de son génie emporté dans l'arène ,

Il aspire aux succès d'une plus noble scène

Et sortir de sa sphère est l'indice à ses yeux

D'une âme peu commune et d'un talent heureux. —

C'est ainsi qu'on a vu, dans notre siècle honnête ,

Un poëte-assassin [4], un assassin-poëte [5],

Variant à l'envi les loisirs de leur art ,

Tour à tour manier la plume ou le poignard

Et de rôle changeant comme de caractère ,

« Passer du grave au doux , du plaisant au sévère. » —

Ces gens-là , dira-t-on , écrivent ?... — Pourquoi pas ?...

L'esprit et le talent sont de tous les états ;

Un rapport sympathique unit toutes les gloires. —

Déjà quelques forçats ont donné leurs mémoires

Et nous ont retracé , dans le cadre banal ,

Les souvenirs du bagne et de son arsenal [6].

1, 2, 3. MM. tels et tels de Paris, de Nîmes, d'Agen, etc.

4. Jeune poëte, condamné il y a quelques années, pour assassinat de sa maîtresse. — 5. Lacenaire. — 6. Vidocq, Collet et autres.

D'autres aux tribunaux avec clarté, méthode,
Mieux que des avocats, vont commenter le code,
Et savent déployer en matière de droit
L'esprit le plus subtil, le tact le plus adroit. —
Ainsi qu'une science enfin le vol lui-même
Se pose effrontément et s'érige en système.
Ouvrant un champ plus large à ses capacités
Il se catégorise en spécialités,
Et règle savamment sa progressive allure,
Ajoutant chaque jour à sa nomenclature
Quelque type nouveau d'ingénieux larcin
Inspiré par l'amour de l'or ou du butin.
Qui ne connaît les vols *au bonjour*, *à la tire*,
A la détourne, *au pot*, *à l'empreinte de cire*
Et tant d'autres encor qu'en dépit de l'argot
La sixième chambre enregistre bientôt ?
De cent tours inconnus à Mandrin à Cartouche,
Le voleur de nos jours plus adroit, moins farouche,
Est l'auteur, et Vidocq, qui certes s'y connaît,
T'en offre dans son livre un résumé complet.
Mais c'est assez parler d'escrocs de bas étage,
Et je veux te montrer le vol en équipage. —

Un journal [1] (et de tous c'est le plus répandu)
Nous dit chaque matin, dans un compte rendu,
Par quels heureux trafics, hors des routes communes,
S'élèvent aujourd'hui tant de belles fortunes
Et comment du grand monde un habile fripon
Sait tendre ses filets ou jeter son harpon. —

L'or en effet du jour est la grande puissance,
Du métal corrupteur tout subit l'influence
Et sans son talisman la probité n'est rien ;
L'intrigant enrichi... voilà l'homme de bien :
Dans l'or qu'il amassa son mérite consiste ;
Qu'importe ce qu'il fut ? il est... capitaliste.
A ce titre imposant, bientôt de toutes parts
L'accueillent à l'envi le respect, les égards
Et ceux qu'il dépouilla, ceux qu'on flattait naguère,
Sont voués au mépris qui poursuit la misère.
Tel est le siècle, hélas !... —

Pour son intégrité

1. La Gazette des Tribunaux.

Cet honnête commis dans nos bureaux cité,

Préludant par trente ans de travail, de conduite,

Au vol qu'il méditait, vient de prendre la fuite,

Enlevant, sans scrupule, au trésor de l'État

Dix-huit cents mille francs, produit du péculat [1]. —

Plus pressé de jouir, dans son impatience,

Ce banquier, dont partout on vante l'opulence

Et sur la foi duquel a compté maint rentier,

Le lendemain d'un bal se fait... banqueroutier.

Puis, grâce au concordat, ressuscitant sa banque,

Ainsi deux ou trois fois et s'enrichit et... manque. —

Cet autre industriel a mis en actions

Un immeuble estimé « sur plans » trois millions,

Qui vaut... cent mille écus, et dont les dividendes

Sont, après vingt délais, renvoyés... aux calendes [2]. —

Enfin, nous savons tous par quels expédients

Disposant, sans mandat, des fonds de leurs clients,

Spéculateurs honteux, à présent les notaires

Avec l'argent d'autrui font aussi des affaires [3]. —

Te dirais-je la Bourse et son vil agio

1. Matheo, caissier du Trésor. — 2. Sociétés en commandite : Mines de Saint-Bérain et autres. — 3. Lebon, et nombre d'autres honnêtes gens.

Propageant un faux bruit, exploitant un écho,

Au profit des fripons consommant la ruine

Du sot qui s'est risqué dans l'ignoble sentine?... —

Eh quoi! vas-tu me dire, en quel temps a-t-on vu

De dupes, de fripons le monde dépourvu?...

Mais ce n'est, après tout, que de l'or qu'on s'arrache

Et derrière la loi l'escroc du moins se cache.

C'est juste, je me tais.... et tout est pour le mieux.

Mais d'où viennent aussi, réponds si tu le peux,

Ces crimes dont l'horreur effraie la pensée,

Crimes sans nom, produits d'une rage insensée?... —

Hier, c'était un docteur qui, dans l'art des poisons

Adepte aventureux, de ses combinaisons

Sur l'ami le plus cher fit l'essai préalable.

Savant plus malheureux sans doute que coupable[1]!... —

Aujourd'hui le journal nous parle d'un amant

Qui, de l'anatomie épris subitement,

En lambeaux mutilés dispersa sa maîtresse

Et cela, sûrement, par excès de... tendresse[2]!...

1. Le docteur Castaing. — 2. Le curé Maingrat, l'abbé de la Collonge, le tapissier Lefebvre, etc.

Qu'apprendrons-nous demain?... chaque jour plus pervers,

Le crime émancipé, dans ses genres divers,

Adopte maintenant une marche assez sûre ;

Procédant froidement du meurtre à la luxure,

On égorge d'abord et l'on viole après.

Je ne puis le nier, voilà de grands progrès. —

Il est vrai, le public est, dans nos cours d'assises,

Exposé quelquefois à d'étranges surprises,

Alors que frémissant à de tels attentats,

Il appelle à sévir ses propres magistrats. —

Pour peu qu'avec sang-froid l'assassin argumente,

La circonstance alors paraît atténuante,

Et d'abord... le jury saisi d'un beau transport

Se proclame ennemi de la peine de mort.

Faisant fléchir les lois sous son omnipotence,

Il jure sur « son âme et sur sa conscience »

Et l'affreux parricide, au cœur noir et félon,

Sur un peuple d'escrocs va régner à Toulon.

« Un fils... tremper les mains dans le sang de son père !...

« Se peut-il ?... Son aveu du moins paraît sincère,

« Il suffit... Laissons-lui le temps du repentir;

« La nature assez tôt le condamne à mourir. » —

Tels sont les arguments par lesquels on pallie

Un forfait odieux... ou si de la folie

Le défenseur excipe au tribunal bourgeois,

« Les fous, dit le jury, sont en dehors des lois. » —

Puis, d'un verdict absurde étonnant le prétoire,

Il impose à la cour un arrêt dérisoire,

Et l'assassin obtient, au nom de l'équité,

Au lieu de l'échafaud... la maison de santé !... —

Ami, je l'avouerai, quand je vois la justice,

Honteusement, hélas prostituée au vice,

Encourager ainsi les complots des méchants,

Et donner une prime à leurs plus noirs penchants,

Le mépris dans mon cœur fait place à l'amertume

Et je sens que soudain ma colère s'allume. —

De tant d'iniquités quand cessera le cours ?...

Le flot en avançant paraît grossir toujours

Et cette soif de l'or qui devient plus ardente,

Du crime à chaque instant élargissant la pente,

Sans doute produira mille forfaits nouveaux ;

Mais... seule elle n'est pas la cause de nos maux.

Il est d'autres fléaux, il est une autre plaie

Qui s'étend chaque jour et dont l'esprit s'effraie,

Plaie intime et profonde, indice trop fatal

De la chute des mœurs et de l'excès du mal !... —

Plein d'une triste horreur, l'âme découragée,

Je m'arrête... En voyant la nature outragée

Accuser vainement le silence des lois,

Qu'espérer des efforts d'une impuissante voix ?... —

Alcippe, cesse au moins de vanter une époque

Où le mal est certain et le bien équivoque.

Va, rêver l'âge d'or en ces temps malheureux

N'est que l'illusion d'un esprit généreux

Qui s'abuse lui-même et croit ce qu'il espère.

Loin de grandir, hélas le siècle dégénère,

Et qui peut se méprendre aux progrès du poison

A consulté son cœur plutôt que sa raison. —